즈믄 날의 소묘

황금알 시인선 145
즈믄 날의 소묘

초판발행일 | 2017년 4월 29일

지은이 | 이원명
펴낸곳 | 도서출판 황금알
펴낸이 | 金永馥
선정위원 | 김영승 · 마종기 · 유안진 · 이수익
주간 | 김영탁
편집실장 | 조경숙
표지디자인 | 칼라박스
주소 | 03088 서울시 종로구 이화장2길 29-3, 104호(동숭동, 청기와빌라2차)
물류센타(직송 · 반품) | 100-272 서울시 중구 필동2가 124-6 1F
전화 | 02)2275-9171
팩스 | 02)2275-9172
이메일 | tibet21@hanmail.net
홈페이지 | http://goldegg21.com
출판등록 | 2003년 03월 26일(제300-2003-230호)

ⓒ2017 이원명 & Gold Egg Publishing Company Printed in Korea

값은 뒤표지에 있습니다.

ISBN 979-11-86547-60-1-03810

즈믄 날의 소묘

이원명 시집

황금알

노을빛 휘장을 두른 하늘가

개밥바라기 별을 찾아
마음 자락을 접었다 폈다 하는

적요의 사막에
한 줌 시를 던지다

그곳 어머니께 가 닿기를

은백색 결빙의 무늬를 찍은
자작나무 숲

문득 그립다

2017년 선연한 봄
이원명

차 례

1부

2부

3부

4부

1부

산 구절초

어느 행성에서
길을 잃었을까

봄볕 은은한
개다리소반 위에

함초롬히 앉아
먼 기억의 별에게로

스러져 닿을 때까지
지금은

정박중이다
쉼표만 읽고 있는

자작나무 숲

술렁이는 겨울 숲길을 따라
만트라를 걸어놓고
자작자작 소리가 넘나드는
자작나무 숲으로 간다

모두 내려놓은 나직한
은빛 휘파람

초점 잃은 렌즈 속
아른거리는 풍경과
하얀 등불을 든
고요의 시간 앞에

고즈넉이 귀 기울이는
발자국 소리

진언에 갇혀
오던 길을 지우고 섰다

카멜리아 힐

첫눈 내리고
그림자 짙다

안개 걷힌 카멜리아 언덕
굵은 손마디가 지켜온 동백숲

– 저 자지러지는 꽃불의 축제 –

세한지우

켜켜이 시간이 물들고
아슬한 꽃송이

회귀를 위한
꽃잎의 낮은 목소리

낭랑한 은하를 따라
동박새의 붉은 입맞춤

숨비소리

행간에 숨은 말들이
썰물에 젖는다

하얗게 머리를 푼 파도
빗질하듯 사라지는 물안개

안개꽃이 피어나듯
아침이 오면

뜨거웠던 어제를 기억한
물질하는 여인의 숨비소리

등 굽은 사랑이
푸른 지문 되어 흐르는데…

노란 칸나꽃이 에돌아
이별의 탱고를 추다

백두산 천지는 고요하다

길 끝에도 길이 잇닿은 옛 만주 벌판
말발굽 소리 들릴 듯한
사람 키만큼 자란 옥수수밭을 달려

백두산 가는 길목에 닿는다

적막의 자작나무, 그 원시림과
한없는 초원을 돌아
몇 그루 고사목은 허무를 떨치고 여여하다

먼 산에 눈이 녹고
돌담 사이로 햇빛이 넘나들고
바람이 이는 화산성토에
어슴푸레 엎드린 노란 야생화

천지는 산을 호명하며
안개 치맛자락을 살짝 걷어 올려
오롯한 하늘빛을 담고
폭포와 강을 이루다

그리운 날을 위해
눈보라 치는 저녁과 고요한 아침에서
모나지 않은 불씨 하나로 출렁이며
깊은 고뇌에 잠기다

문득, 솟구치는 불기둥

갯벌

밀물이면
모태 속
생명을 보듬고

썰물이면
모태 속
생명이 오읍하다

무너진 하늘 한쪽
불임의 여인

단풍

별똥별이 떨어져
하늘에 불을 밝힌다

법고法鼓 소리 어스레한
깊은 산사

애잔한 탑돌이로
만나는 인연인가

고운님 어깨 자락에
나붓이 앉아

무상無相으로 전하는
상주설법常住說法

옛집
— 원주 박경리 문학공원에서

옛집에 가면
마로니에 큰 나무
송이송이 하얀 꽃잎
합장으로 하늘을 우러르다

느티나무 은행나무 산수유 목련
연둣빛 세상으로 깨어나고
박태기나무는 붉은 꽃잎 보듬어
문설주에 기대서서 집을 지키다

노랑 무늬 붓꽃
서러운 이야기를 풀어 놓으면
평사리 마당에는 섬진강이 흐르고
일송정 소나무 용두레 우물이
먼 이국의 회상에 잠기다

옛집에 돌아와 텃밭을 일구며
*나를 지탱해 주는 것은 오로지 적막뿐…
오랜 역정의 세월 따라

그리운 님 만나다

* 박경리 소설가의 시 「옛날의 그 집」 중 한 구절

뜰의 단상

호한冱寒을 뚫고 설레발치는 꽃잎
은은히 살살거린다

베고니아 정념 속
날개 단 사랑초의 기억들
풍로초의 숫저운 춤사위로
근육질 선인장의 낮은음자리표

오후의 적막을 흔드는 난향과
보랏빛 허브의 아찔한 유인
날아오르는 나비의 몽상에
훨훨 나비가 찾아드는

꽃잎 속에 씨앗을 머금은
어머니의 뜰

꽃 양귀비

바람결에 실려 와
신옷으로 갈아입고

휘리릭 휘리릭 휘파람으로
넋을 불러 모아

– 씻김굿으로 한참을 노닐더니

생전의 울 어머니
홍조로 너울거린다

훠훠

전나무 숲

월정사 팔각구층석탑
무량수 풍경風聲이
은은하게 울려 퍼지는 산사에서
오롯이 마음을 살피고
전나무 숲에 이른다

계절에 물들지 않는
곧은 푸르름에 흠뻑 젖은
아름찬 고사목 한 그루
영겁의 세월 속에서
상형문자를 새기고

낙엽 밟는 채연이의 발자국이
사락사락 숲 사이로 여울지고
계곡의 물소리 더욱 깊어져 간다

어린 왕자는 소행성으로 돌아가고
치르치르와 미치르도 떠나간 숲에
늦가을 햇살이 은근히 스며드는

동화 속 풍취風趣를
오랫동안 불경 속에 묻어둔다

카페나무

카페나무
봄 햇살을
건져 올리고 있다

아버지와 아들이
안개꽃 덤불 아래에서
꿈꾸는 나무의자를 두고
먼 여정의 이야기를 풀어놓는다

꽃 무리가 되는 아이들과
바람 같은 아버지의
마음 놓을 자리를 위해

육신을 담금질하며
공중부양가부좌空中浮揚跏趺坐
지금, 수행 중이다.

봄길

낮달이 어슴푸레 손짓하고

아롱거리는 아지랑이 사이로

선연히 다가서는 어머니

그리워 그리워

당신 이름 부르며

말긋말긋한 꽃길을

맨발로 달립니다

어머니

꽃보다 향기

그때
꽃을 사랑한 그녀

문득, 생각이 나서 사 온
재스민 한 그루
소복처럼 꽃잎이 지고 있다

꽃가게에서
향기를 맡으며 꽃을 사고

올해도 또 봄 병이 도지나 보다
그런 병은 괜찮아요. 엄마
곰살궂은 목소리 꽃보다 향기롭다

늪 속의 엿장수

노랑어리연꽃을 찾으러
우포늪 술래가 되어
문득 만난 엿장수

톡, 입안으로 퍼지는
달짝지근한 엿 향내
유년의 저편으로 길을 트고

수면 위로 토닥토닥
그리움의 징검다리를 놓으며
동심을 흔들어 깨우는…

노랑어리연꽃의 숨바꼭질

섬 1
— 홍도

파도가 물길을 트는 바닷길에 내린 홍도
홍갈색 붉은 가슴을 연 한 폭의 수묵화
사철나무 후박나무 동백나무와
동굴이 어우러진 비경
몽돌에 새겨진 세월의 무늬가 정겹고
방풍나물이 지천으로 바람을 가르다
유람선에 오르면 돛대바위 형제바위
남문, 물개바위 병풍바위가 정경을 이루고
바위틈의 소나무 분재는
바람을 막기 위한 나무의 저항이다
보석 동굴 석화 동굴에는 석순이 자라나고
만물상 바위, 22층 석탑의 오묘함에
제 그림자를 새기며 풍랑의 바다로
후드득 날아가는 작은 새
동굴 천장에 뿌리를 박은 나무의 신비
수평선을 멀리 두고
배 띄우고 풍류를 즐기는 한가로움
바다의 독립문이 너울을 보듬다

섬 2
— 흑산도

나뭇잎 수런거리는 4월
높고 낮은 섬과 횃불 같은 등대를 지나고
무인도처럼 아득한 바다를 건너
서해 남단의 끝자락 흑산도
동백나무 후박나무 해송이 검푸르다
먼, 유배지의 땅
강진 땅에서 부르던 님의 목소리 잊혀지고
흑산군도를 따라 밀물져오는 사람들
70리 섬 일주에 나서면
초령목 고사목의 차지 않은 목숨
전설 속 피리 부는 소년의 애잔한 울음 속
무심사지 삼 층 석탑이 초연하다
굽이굽이 "흑산도 아가씨" 노랫가락 흐르고
열두 굽이 고갯길이 용이 승천할 기세로
꿈틀거리다

2부

간월암

오랜 사철나무
태고의 말씀으로
부처를 닮아가고

민물이다가
썰물이 되는 바닷길에
목선은 유여히 매여있는

낮달 일렁이는 물꽃 위에
연꽃처럼 떠 있는
그윽한 수묵화

저벅저벅
물길을 건너가면
무학無學의 섬이 되는

보문사 향나무

보문사, 큰 바위 아래
무지개 무늬, 홍예문 앞 향나무

죽어서도 사는 증인이 되어
명상 속 수행으로

불경을 듣고
불경을 새기다

– 깨달음에이르러서방국토를꿈꾸는가 –
동서로 큰 날개를 뻗지르고

600년의 연륜을 찍으며
지금도 용틀임하다

갯메꽃

봄날, 돌밭에
사분사분 차린 신접살림

바닷바람을 등에 업고
눈물을 견디며

물구나무로 선 채
달을 품고

한 움큼의 햇살을 떨잠처럼 꽂으며
낮게 낮게 엎드린

애오라지 시집살이에
말갛게 꽃피우는

놀라워라
그 자태

유채꽃

남지에 가면
저, 무한의 유채꽃
농몽한 안개비에 젖다

노란 이름표를 매달고
소풍 나온 길가
나비 떼는 저물도록 술렁이다

분분한 수액을 흔들며
바람이 전하는 고향 편지
꿈처럼 아슴아슴하다

편벽 그늘

소소히 바람이 이는
편백 그늘 아래
모두 퍼 주는 심애의 숲을 걷는다

연연히 보지 못하고
집념을 놓지 못한
마음 언저리에 회오가 배어든다

햇빛이 머무는 아침에서
달빛 기다리는 저녁
별빛 스러지는 언덕을 지키며

길동무의 어깨 자락을 토닥이고
낮은 목소리에 귀 기울이며
허공을 노래하는 모정

달그림자에 숨을 고르는 어머니

즈믄 날의 소묘

그 난들
꽃 양귀비 물결의 붉은 손사래

향기로운 바라춤에
사람들의 갈앙渴仰 어린 눈짓

밤안개 속, 부처를 부르며
더욱 빛나는 북극성과

항로를 지키는
북두칠성이 눈에 잡히는

어느 목가적인 시골의
빈 모퉁이

북천에 가면

노을빛 가을날에 잠시
일상을 내려놓고
북천에 가면
코스모스 수만 개의 꽃등을 켜고
달빛 서린 메밀꽃이
소슬바람에 수줍게 하늘거리다
개울을 건너고
섶다리를 지나가면
꽃 덤불 사이로 아롱지는 유년
그때의 환희와 열망이
메아리 되어 먼 하늘가에 서성이다
세월을 이고 이순의 강을 건너
나를 놓는다

저문 간이역에 서서
하롱하롱 손 흔드는
꽃이 되는 그대

별리

보이지 않는 하늘
– 비롯도 없고 끝도 없다지만 –

누이의 울음이
세상 끝을 흔들어도

마음의 버팀목이던 그는
아득히 먼 길 떠나고

소사나무 분재는 차마
움을 틔울 수가 없어라

노고단의 만추

골짜기마다
느린 걸음으로 다가오는 햇살
혼을 담아 무심으로 빚은
꾀꼬리단풍

하늘 아래
첫 마을을 지나
파랑이 이는
운무의 바다에서

단원檀園의 옷을 걸친
산봉우리의 눈사람
능선 따라
겹겹이 수묵화를 그리다

이명

몸 가녘 깊숙이
종루를 세워 두고

윙 윙 흔들리는

느슨해진 마음밭
틈새를 노린 실없쟁이

걸어온 나뭇결 사이
차오르는 바람 소리

저, 사막의 모서리

허공

세상이
텅 비었습니다

이제 온갖 짐 내려놓으시고
애타는 그리움도 지우셔요
싸리문 밖 서성이는 모정

그 큰 사랑 내려놓으셔요
파랑새 되어 날아간
품 안의 자식들

먼 나라 전설처럼
파랑새를 잊으셔요
제 자식 보듬느라 허기진 몸

쩍쩍 갈라진 황톳길도
훨훨 날아갈 수 있게
이제 그 마음 내려놓으셔요

이승의 저편으로 하얀 꽃잎 하나
어둠 속, 샛별 되어 길을 밝힙니다

미궁

애린
두견화杜鵑花가 저 피안을 건넜을까

한밤
무슨 내밀한 꿍꿍이가 있었는지

얼핏
얄팍한 치어들이 꼬리를 뒤흔드는

사死와 생生의 사이
미궁 속으로 전설 같은 꽃 한 송이

망산의 한낮

찬연한 봄날
동백꽃 어우러진
산길을 걸으면

햇살에 살포시 내려앉은
볼우물 담은 노란 양지꽃
현호색의 보드레한 종소리를 듣는
간드러진 각시제비꽃
사뿐히 고개 내민 샛별 같은
붉은 점박이 개별꽃
노랑 하양 분홍 노루귀의
가마득한 어질증
발그름한 복주머니 개불알꽃의
호방한 씀씀이

봄처녀의 이른 나들이에
저마다의 꽃등을 켜는
망산의 한낮

외딴집

어느 산골
설원에 얼기설기 엮어진
팔순 할아버지의 작은집
아무것도 버릴 것이 없이
장작불 지피는 아궁이에
솟아오르는 아지랑이
일렁이는 촛불 아래
낡은 신문지가 세상을 읽는다
닭과 강아지와
깨어진 거울 한 조각
이승의 흔적처럼 흔들린다

잃어버린 시간
벽화 속에서 웃고 있는 그

바람의 언덕

바람의 언덕에 오르면
뱃길을 밝히는 등대 하나
푸른 횃불을 흔든다

집어등처럼 빛나는
갈매기의 꿈

바닷새의 촉촉한 날개 사이로
바람이 비비대고
언덕배기 들풀의 속살거림

손 흔들며 그대 오는 듯
그리움이 머뭇거린다

섬 3
— 만지도

달아항 뱃길로 만지도에 닿으면
남실거리는 바닷길을 따라
섬을 잇는 출렁다리에서

샛바람에 기웃거리는 닻을 올리며
꽃물 든 오월을 건너가다

연대도의 꽃양귀비 뒤뚱이고
천 년의 느티나무는 너울빛을 품다

열일곱에 뭍에서 시집온
아흔, 어머니의
그저 예사로운 일상과
투박한 옛이야기 밭에 머물다

저 섬으로 헤엄쳐서 학교 다니고
머리에 물건을 이고 바다를 건너는…

회상의 섬은, 뒷짐을 지고

천 년의 느티나무와 구 남매를 둔
아흔, 어머니의 무심한 일생이
허이허이 출렁이다

자식의 허물도 봄날이다

섬 4
— 지심도

동박새 직박구리 풍류 따라
길 위의 낭랑한 웃음소리
그대 음성이 찰랑인다

붉은 산다화 그늘에서
꽃잎의 달큼한 수액을 건네는
길손의 낮은 휘파람 소리

땅을 보듬는 마삭줄과 땅에 기댄 송악
하늘을 가로지르는 후박나무와
하늘을 우르는 곰솔이 섬을 지키고

감파른 원시림의 고요 속으로
툭툭 느닷없는 수직의 파문이 일고
분노하는 붉은 동백꽃이 요요하다

대설

산맥으로 굽이치는 대설주의보

남쪽을 떠나 시베리아 벌판으로
휘몰아 가는 사모예드떼

잔흔을 지워가는 날 선 눈보라

세상의 반란
하늘바래기 한 사람들의 아우성

다붓한 마을을 뒤흔든다

그리고
입산금지

3부

봄소식

자굴산, 산길을 뚫고
봄볕이 시나브로 건너와

진달래 꽃망울 틔우고
복사꽃 얼굴 붉히다

오랜 여정의 짐을 풀어놓은
금낭화의 옹알이에

산드러진 조팝나무가
집 한 채를 지으면

샛바람에 하늘하늘
기억의 시간을 꿰매는
민들레 홀씨

산수유

겨울의 모서리를 돌아
빗살무늬 눈바람을 헤치고

더딘 햇살을 부추기며
비엔나 왈츠의 선율을 타고

경이로운 안부를 전하는
금빛 엽서 더미들

적멸보궁

아득히 깊은 그 자리

고요에 고요를 얹고

적멸에 적멸을 얹고

온전한 사리 앞에

부처님 위에 계시다

마애불

수억 광년으로 스친
천이백 년의 해후상봉이

아르르 떨린 보살의 합장에
불현듯 맺히는 이슬방울

먼 길 돌아
마침내 색즉시공

첫눈

밤사이
애살포오시 찾아온
고운님

반가워
버선발로
마중 나가며

첫사랑이듯
가슴이
쿵당쿵당

아!
주체할 수 없는
몽환경

억새는 바람을 세운다

부끄러움 없는 하늘가

화왕산 길목에는

잃어버린 기억인 듯

개나리가 노오란 꽃잎을 틔운다

산그늘을 지나

온통 출렁이는 억새의 바다에서

온갖 시름을 놓아버린다

온몸으로 세상의 바람을 세우고

억새는 찬란히 가을을 엮는다

한옥마을

교동에 가면
햇빛 스며드는 고요 속
뼈 안의 골목마다
민족의 얼이 꿈틀거리다

싸락눈 속
어느 기억 너머로
갓을 푼 오로라 따라
옛 풍류에 물들다

잠언으로 선 600년의 은행나무
날개 돋친 고택
장엄한 유물과
그 날의 회오마저 놓고,

바하라야 검은 사막을 건너는
낙타를 기다리며
오늘을 걷는다

불영사 가는 길

금강송 숲을 따라 사박사박
명상의 길에 찾아들면
잡초 무성한 마음 밭의 고요

두연못은 부처님의
그림자를 붙안아
무량중생을 우르러고
수련이 오수午睡에서 깨어나
꽃술 하느작이는 산문山門

법정法頂 님의 향기 따라
툭, 던지는 무소유의 법문

느티나무

600년 고령의 느티나무가

청상과부의 바람기 같은

속울음을 토해내며

그 텅 빈 나무속에

또 하나의 생명을 보듬는다

잉태의 고통과

허물어지는 육신의 아픔에도

살갗의 검버섯은

아무것도 아니라고

피 흘리는 느티나무의

목숨이 내 안으로

출렁이며 흐른다

산행 1

어느 사이 하얗게

얼굴 내미는 구절초

바람에 화음을 맞추듯

눈부시게 흔들리는…

달빛 머금은

한가로운 강강수월래

산이, 고요 속이다

산행 2

나무 그림자를 밟으며

숨 가쁘게 산에 오르면

야생화 향기 그윽하다

망개 열매 농염이

산의 적막을 깨우고

나무숲 피톤치드에

바위의 자력이

전류처럼 흐르는 몸속

산의 오르가슴

마침내, 산이 텅 비었다

사랑 1
― 채연의 아침

4월 아침
문밖으로 나와 화단 앞에 쌓인 벚꽃을 보며
일곱 살배기 손녀 채연이는
"어머! 어젯밤에 눈이 왔나 봐"
하더니
저만치 회오리바람에 맴도는 꽃잎을 향해
"어머! 어딘가 꽃잎 성이 있나 봐"
하고는
키 큰 벚나무를 올려다보고
"어머! 꽃잎 성이 여기 있었네" 하는
한편의 모노드라마 속에서
까르르 웃는 채연이의 갓 맑은 웃음이
봄꽃보다 더 눈부시다

사랑 2
— 도윤의 하루

손자 도윤이는 꼬마 왕이다
세상에 아무 두려움도 없는
천진스런 힘찬 돌이다

어디에서 샘물 같은 힘이 솟는다
손과 발로 개구리처럼
곡예를 하더니
돌 지나 걸음마를 시작하면서
집이며 공원이며
할아버지의 포위망을 요리조리 뚫고
위풍당당 달리는 꼬마 왕 힘찬 돌이
우주 끝까지라도 내달릴 수 있을 거야 아마
마냥 술래가 되어도 좋은 하루
불광천 하늘가에 땅거미가 갸웃거린다

큰 나무 어디선가 새들
찬란히 날아오른다

섬 5
— 청산도 1

지평선 따라
살살 대는 유채꽃의 눈웃음
넘실거리는 청보리 물결

바다는 수평선을 향해
살풀이춤으로
풀등을 감싸고

잠시, 능노는 바람개비와
구들장논, 초분, 돌담이 아우러져
소박한 삶의 터전을 일구고

낮은 능선으로 흐르는 길 사이
아다지오, 느림이 길들여지고
사람이 한 편의 풍경이 되다

섬 5
— 청산도 2

호젓한 '해 뜨는 마을'을 지나
달팽이 걸음으로
빠듯한 돌담길을 걷는다

씨앗이 여무는 유채와
봄의 왈츠가 멈춰진 화면 속으로
박제된 시간

펀더기에 하늘하늘한 꽃 양귀비
팽나무 느티나무 느릅나무 소나무의
굵은 나이테가 섬을 일구고

길을 따라
서편제 돌담 사이로
얼씨구절씨구 어절씨구

우리 가락 들썩들썩하다

우리들의 휴일

"파도 구름 신선"의 신화, 해상군선도를
판화로 새기는 숨은 재언才彦
오월이면 붉은 장미로 식탁을 장식하는
참, 낭만적인 남편의 그늘

화요일이면 벗들의
밥상을 차리는 고마운 홍숙

– 다재다능한 하순
연하의 남편과 알콩달콩한 순영
열하나 손자 사랑에 빠진 경애
말없이 다정한 영자
인정미 넘치는 분남
한 줄의 시를 생각하는 나 –

이야기 들판에는
흑백사진 속 시간 여행으로
로마의 휴일에 물들고

고.추.잠.자.리.
어.지.러.워. 빙. 빙.

더 감미롭지도 극적이지 않아도
삶은 순리대로 흘러가리라

늘 그리운
손끝 야무진 미례
미소가 어여쁜 정희

숲의 기도

목발을 짚은 소년을 따라
백운산에 오르면
햇빛 풀무질로 연둣빛 봄

성크름한 몸짓의
처연한 투쟁

제비꽃 쇠심꽃 미치광이풀꽃
물푸레나무 닮은 소년

딱따구리에게 먹잇감을 주는
고사목의 모성으로
합장하는 숲

4 부

화개장터

벚꽃, 흐무러진
하동 포구 80리
그 황혼 길, 화개장터에서
자판기 커피 한 잔과
풀빵 몇 개로
석양에 걸린 행복
인파 사이로
취기 오른 여인의
살짝 드러난 젖가슴 사이로
툭, 떨어지는 라일락 한 갑
혀 꼬부라진 흰 고무신의
뒤틀린 숨소리
흥에 겨운 장구 장단에
모로 누운 소주병의
아스라한 비명
홍조 띤 여인의 웃음소리
눈꽃, 자지러지다

봉평 가는 길

늦은 가을날
무심無心이 머무는
님의 생가에서
잠시, 생각을 내려놓는다
뜨락의 꽃잎 진자리 아련하다
기다리는 사람을 위해
햇빛이 따스하게 집을 감싸고
오래된 목련나무 한 그루
그리움에 뒤척이며
마른 나뭇잎마다 나부끼고
우수에 잠긴 찻집은
낮은 그림자를 비춘다
소설 속의 충주 집과
물레방아 도는 풍경이
그 시절로 돌아간 듯
님의 발자취 따라가면
달빛 속 메밀꽃은 지고
사운거리는 바람이
가던 길을 앞세운다

고란사

홍엽이
담금질하는
백마강을 건너

문빗장을 풀어헤치면
강기슭 여울을 품은 보살이
묵언으로 불경을 읽고

부표처럼 떠 있는 비애는
슬픈 노래가 되어
강을 지키는…

나지막이 약수를 받아
고란초 한 잎 띄워
심경을 녹이다

청령포

강 따라 청령포에 닿으면
은근한 솔 향기

반란의 역사에
역모의 올가미에 묶인

마른 울음을 안고
툇마루에 오르면

님을 향해
배례하는 관음송 한 그루

바람에 유서를 쓰고 있다

메이페어 하우스

아이의 웃음처럼
투명하게 퍼지는 햇빛과
향기로운 숲과 바람이
꿈을 엮는 메이페어 하우스
길 따라 마음이 길을 내는
그곳 천문대에서
별을 찾고 별을 헤는
카시오피아 오리온 북두칠성 안드로메다
큰곰자리 작은곰자리…
유년의 기억 저편으로
집시처럼 떠돌이별이 되어
서쪽 하늘가
백조자리 꼬리별 아래
견우성과 직녀성의
슬픈 전설 속으로 유랑하다

자취

저문 여름날
봉선화 꽃물들이던
그리운 어머니

정겨운 날은 지나가도
손녀의 고사리 손톱에
다시 꽃물 들이는 그 날의 어머니

투박한 섬돌에
가지런히 놓인
하얀 고무신

오동나무

산길에 으늑하니 선
큰 오동나무 한 그루

자름한 햇살을 불러 모아
속울음 삼키며

길손에게 환한 등불을 내미는
바람결에 숨이 찬 목숨

넓은 그늘은
아버지의 품 안 같은

세월의 동그랑쇠 따라
닳아버린 장롱

청량산 하늘다리

건들바람이 머문 청량사에서
한때의 난지도 같은
마음을 맑히고

차고 가파른 길 따라
훗훗한 동행으로
출렁이는 하늘다리에 오르면

선학봉과 자란봉이
용트림으로 하늘 사람을 품는다

계곡 속으로
울울하게 절벽을 이룬 바위는
나무를 잉태하고 나무를 기르며

감파른 자연림 사이로
흐르는 강물 위
낙엽활엽수 난만하다

물은 소리 없이 흐른다

유리컵 속의 물을 마시며
– 물에는 깊은 마음이 깃들어 있고, 고마운
마음으로 물을 대하면 예쁜 눈꽃을 그린다는 –
누군가의 말에 생각이 머문다

사랑 속에 눈꽃을 피우고
마른 땅을 적시는 소낙비로
질박한 삶에 별빛 되어 흐르며

강의 굽이굽이
여울을 따라
낮은 몸짓으로 바다에 이를 때

울음을 터트리듯
성난 해일이
세상의 흔적을 삼켜버려도

물은
소리 없이 흐르리라

바다를 잠재울 때까지…

문득,
내 마음 깊은 곳에
복사 꽃잎 하나 띄워본다

나들이

눈부신 나들잇길

'나 갑갑해'라는 동생의 말에
'숨 쉬'하는 단호한 누나의 목소리

'답답하단 말야'
'숨 쉬라니깐'

아이들이 종알거리는 말을 들으며
거가대교 해저터널을 지나가다

'쉿, 가만히 있어. 숨도 쉬지 마.
바닷속이야, 조심해야 해.'

'가만히 있으면 죽어.
탈출해야 해.'

가슴에 돌 하나 옥니로 박혀

남태평양 바누아트 섬
산호바다 깊숙한

수중 우체국에 꽉 다문 울음보
추신追伸으로 띄워야 하리

서원誓願
— 원불교 영산 성지를 찾아서

　담 너머 세월을 엿보는 능소화가 한창이다. 백일홍 고운 꽃 빛을 따라 달을 사모하는 달맞이 꽃길을 지나다. 유년의 길동무 같은 서해바다의 작은 포구에 닿으면 훗훗한 바람이 푸른 산을 건너가다. 영산에는 애달픈 상사화가 반가이 수런거리고 보은강 연꽃 군락지에는 백련수련이 쏟아지는 햇빛 아래 단아한 자태로 눈부시다. "3일을 찬란하게 꽃을 피우고 마침내 물로 돌아가 침묵 속 잠을 잔다"는 그 수련의 황홀경에 빠져들다 문득──물들지도 얽매이지도 흔들리지도 않으리라──는 묵언의 말씀을 듣다. 옥녀봉을 바라보며 촛불을 밝히고 님의 발자취 따라 중앙봉에 오르면 길 위 촛불의 행렬이 장엄하다. 설레임으로 혈성어린 선진님을 따르면 상현달 아래 님의 아름다운 얼굴이 환하게 보이는 듯하다. 가녀린 촛불 하나에 깨달음의 서원 일념으로 영산 성지를 탑돌이하면 환희의 물결이 가슴 벅차게 출렁이다.

섬 6
— 마라도

나무들의 고요가 쓸쓸한 가을 끝자락
바람에 실려 온 비양도가 아른거리다
세상의 무게를 부여안고
무한의 경전으로 묵언하는 산방산
모슬포항에서 11km 해상에 떠 있는
최남단 마라도, 그 작은 섬
와야 할 우리 땅 정감 어린 갯내음
안개비 따라 바람이 섬을 덮고
세상 끝에서 통일기원비가 장승처럼 의연하다
전설 속 할마당이 본향신으로 해녀를 지키고
해풍 속의 기암 절경, 그 안의 절정
아득히 스치는 성당의 종소리
꽃들의 고단한 생生은 땅에 눕고
사운거리는 억새는 회상에 젖다
바람과 동행하며 섬 한 자락에서
삶의 푸른 깃발을 세우다

섬 7
— 방아섬

물길을 여는 목선을 따라
구름 자락 사이로 얼굴 내민 무지개

낮은 포구에 뒹구는 작은 돌멩이
주빗주빗 귀를 세우고

바다로 트인 숲길 사이로
아른아른한 수채화

미루나무 가지 위에
함박웃음 걸어놓은 달빛 속

선녀가 내려와
우의羽衣를 접은 섬

여행 1
— 사이판

1) 마나가하 섬

– 바닷속 산호석의 은미한 숨소리
오색 무늬 열대어의 가없는 미로 –

내 안에
작은 섬을 풀어놓고

잠시, 이방인 되어
"지고이네르 바이젠"의 선율 따라
애수와 격정의 춤을…

빛 고운 하늘에 펼쳐진 목련 송이
옥빛 바다와 한가로운 숲에서

선정禪定의 시간을 찾아
마음 사이의 섬을 허물다

2) 마리아나 해구

잎이 지고 꽃이 피는 상사화를 닮은
고목에 피는 불꽃과
오색 빛 부겐빌레아 꽃 행렬이
향수에 배어들다

해변을 따라 북으로 창을 열면
운판 소리 서성이는 새무리 섬
바닷새는 수풀로 사라지고
하얀 외침은 남태평양 바다에 떠돌다

재우치는 바람결에
동으로 숲길을 돌아
"지구에서 가장 깊은 해구"에 닿으면
아! 저 소박함의 내공, 마리아나 해변에서
뭉클한 희열이 뼛속으로 스며들다

이국풍의 화환을 감고

타포차우 산에서 내려다보는
사이판의 팔색조 바다
해 질 녘에 다홍빛으로 잔물지다

쏟아지는 찰나의 별들이
음음적막한 파도를 보듬고
난만히 하늘로 오르다

여행 2
— 싱가포르

찰나의 감성이 구름 위에 흐르다

멀라이언 상의 물줄기는 더위를 떨치고
강물에 일렁이는 봄볕 같은 야경
러브보트의 사람들이 바이올린의
고운 선율에 손편지를 쓰다

하늘과 바람이 산뜻한 주롱새 공원
새들의 아찔한 유희
사랑 앵무새의 우아한 매무새
홍학 무리의 홍조에 잔물들다

센토사 섬의 씨 아쿠아리움
상어와 열대어, 그들만의 군무

가든스 바이 더 베이 미래 정원
거대한 인공 폭포의 아득한 물보라
실내 정원의 희귀식물
은은한 꽃향내에 이방인이 갇히다

보타닉 가든의 열대 식물 야자수 장미
물구나무선 사막식물의 불가사의
한 송이 붉은 꽃잎을 머리에 꽂은
그림 속 여인으로 매달린 그리움

수퍼 트리 불빛과 음악과 꽃의 늪
어느새 헤뜨리는 불꽃놀이에 내리다

해설

삶의 애환과 달관의 미학

하 길 남(문학평론가)

1, 들어가는 말

시는 문학에서 꽃이라고 일컬어지고 있다. 소설이나 수필이 인간적 삶의 형상화를 지향하는 것과는 달리, 시는 시조와 더불어 인간의 서정적 율격에 대한 한 편의 노래이기 때문이다. 이원명 시인의 시집, 『즈믄 날의 소묘』는 대체적으로 다음과 같이 세 가지 유형으로 분류해서 설명해 볼 수 있지 않을까 싶다.

그 첫째가 모성애와 손자 사랑 등 인간애가 풍기는 삶의 애환이요, 둘째는 달관의 도를 생각하게 하는 불교적 이미지다. 그리고 여행이나 산야초 등을 노래한 묘사 형식의 시편들이 우리들에게 읽는 재미를 느끼게 하고 있다.

(1) 삶의 애환

〈가〉 모성애

우리 인간에게 있어서 모성애만큼 아름답고 그립고 애틋한 것이 어디 있겠는가. 우리 인간에게 있어서 모성애를 덮을 어떤 것도 이 세상에는 없을 것이다. 그래서 이모성애를 가히 신의 마음에 비견하곤 한다. 나를 낳아준 은혜를 덮을 어떤 것도 이 세상에는 없다 하겠다. 사람은 자기 어머니를 잊지 못하여, 머리를 어머님이 계시는 고향이나, 그 무덤 쪽으로 향하여 죽게 된다고 하지 않던가.

이 세상에서 가장 거룩하고 모진 것이 있다면, 그것을 모성애라 하겠다. 어머니의 은혜는 가히 신의 사랑에 가까운 희생적 정신인 것이다. 그래서 '어머님의 손을 놓고 돌아설 때에 부엉새도 울었다오 나도 울었소.'라고 우리들은 노래하고 있는 것이 아닌가. 죽음을 넘어서는 사랑, 그것이 바로 어머니의 사랑, 즉 모성애인 것이다.

이제 온갖 짐 내려놓으시고
애타는 그리움도 지우셔요
싸리문 밖 서성이는 모정

그 큰 사랑 내려놓으셔요
파랑새 되어 날아간

품 안의 자식들

먼 나라 전설처럼
파랑새를 잊으셔요
제 자식 보듬느라 허기진 몸

– 「허공」 부분

그리워 그리워/ 당신 이름 부르며/ 말굿말굿한 꽃길을/
맨발로 달립니다/ 어머니

– 「봄길」 부분

꽃잎 속에 씨앗을 머금은
어머니의 뜰

– 「뜰의 단상」 부분

위의 시뿐만 아니라, 시 「자취」에서는 '저문 여름날/
봉선화 꽃물들이던/ 그리운 어머니'라고 읊고 있다. 또
시 「편백 그늘」에서는, '달그림자에 숨을 고르는 어머니'
라고 노래면서, 어머니의 지순한 정감을 말하고 있다.
시 「허공」에서는 돌아가신 어머니가, 어둠 속에서 샛별
이 되어 이승에 남은 자식들의 갈 길을 밝혀주는 수호신
으로 노래 불러지고 있는 모습을 보게 된다,

〈나〉 손자 사랑
우리가 앞에서 보았다시피 화자의 시는 두루 가족 사

랑을 노래하고 있는 것을 알게 된다. 그리하여 이 세상에서 가장 귀한 것이 가족이라는 것을 새삼 체험하게 된다. 사실 우리는 살아가면서, 가장 절실한 것이 가족의 사랑이라는 것을 늘 실감하게 되는 셈이다. 화자는 어머니와 손자 즉 가족의 이야기를 소재로 하여 시를 쓰고 있는 것이다.

이런 면에서 볼 때, 화자의 이야기야말로 우리 문학인에게 다시 한 번 자연의 노래보다 더 절실하고 값있는 것을 우리는 사실상 잠시 잊고 살아오지 않았나 하는 생각을 하게 된다.

4월 아침
문밖으로 나와 화단 앞에 쌓인 벚꽃을 보며
일곱 살배기 손녀 채연이는
"어머! 어젯밤에 눈이 왔나 봐"
하더니
저만치 회오리바람에 맴도는 꽃잎을 향해
"어머! 어딘가 꽃잎 성이 있나 봐"
하고는
키 큰 벚나무를 올려다보고
"어머! 꽃잎 성이 여기 있었네" 하는
한편의 모노드라마 속에서
까르르 웃는 채연이의 갓 맑은 웃음이
봄꽃보다 더 눈부시다
          ─「사랑 1─채연의 아침」 전문

이 시를 풀어서 설명할 필요는 없을 것이다. '채연이의 맑은 웃음이/ 봄꽃보다 더 눈부시다'고 말미에서 잘 설명되어 있기 때문이다.

그리고 시 「사랑 2」에서는 손자를 (1) '왕'으로 (2) '힘찬 돌이'로 묘사하고 있다. 시 「우리들의 휴일」에서는,

> 늘 그리운
> 손끝 야무진 미래
> 미소가 어여쁜 정희
>
> — 「우리들의 휴일」 부분

라고 노래하면서, 참으로 묘하게도 '손끝 야무진 미래'라는 묘사로 시의 말미를 장식하고 있다. 이 말 한마디 위에 더 덧붙일 이야기가 없을 듯하다. 그야말로 시적 일미가 아닐까 생각해 보게 된다.

〈다〉 삶의 애환

시적 탐구나 대자연의 노래나, 진리의 발견 등 거창한 주제를 세워 놓고, 독자들에게 미리 겁을 주는 시들을 대할 때도 없지 않다. 그러나 화자는 그와 같이 목청을 높이는 일이 없다. 다만, 독자들의 손을 잡고 다정하게 속삭일 뿐이다.

바람의 언덕에 오르면/ 뱃길을 밝히는 등대 하나/ 푸른
햇불을 흔든다// 집어등처럼 빛나는 갈매기의 꿈// 바닷새
의 촉촉한 날개 사이로/ 바람이 비비대고/ 언덕배기 풀들
의 속살거림// 손 흔들며 그대 오는 듯/ 그리움이 머뭇거
린다

– 「바람의 언덕」 전문

　그렇다. 바람의 언덕에서 손 흔들며 그대 오는 듯/ 그
리움이 머뭇거린다.

　"그리움이 머뭇거리는 삶" 그런 삶이 바로 화자가 말
하는 '그리움, 즉 애환의 삶이 아니겠는가. 이만큼 삶의
애환을 한마디로 요약하기는 어려울 것이다. 너무 그리
워 서로 얼싸안고 볼을 비비며, 흐느낄 수도 있을 것이
다. "그리움이 머뭇거리는 삶"이란 얼마나 애잔한가. 너
무 그리워 서로 안고 볼을 비비며 눈물을 흘릴 수도 있
을 것이다. 그러나 화자는 '그리움이 머뭇거릴' 그런 삶,
애환의 맛을 그리고 있다.

　　분분한 수액을 흔들며
　　바람이 전하는 고향 편지
　　꿈처럼 아슴아슴하다

– 「유채꽃」 부분

바람이 전하는 고향편지/ 꿈처럼 아슴아슴하다. 그렇다. 그것이 바로 고향이 아니던가. 고향은 언제나 '꿈처럼 아슴아슴한' 그리움인 것이다.

저문 간이역에 서서
하롱하롱 손 흔드는
꽃이 되는 그대

— 「북천에 가면」 부분

'저문 간이역'이란 말만 들어도 우리는 그리운 고향을 연상하게 된다. 누구라도 간이역에 대한 추억은 없지 않을 것이다. 코스모스가 피어 있는 시골 간이역, 거기에서 내 사랑하는 순이도 철수도 만나게 되는 것이 아닌가. 그래서 화자는, '꽃 덤불 사이로 아롱지는 유년'이라고 노래하고 있는 것이다.

2. 불심과 달관

〈가〉 불심

시 「간월암」을 읽어보면, '사철나무가 부처를 닮아간다'고 노래하고 있다. '오랜 사철나무/ 태고의 말씀으로/ 부처를 닮아가고' 라고 말이다. 그렇다. 나무도 부처를 닮아 가는데, 사람이 부처를 닮아 가지 않을 수 있겠는가 하는 마음이 든다.

　또한 시 「즈믄 날의 소묘」에서도 "밤안개 속, 부처를 부르며/ 더욱 빛나는 북극성"이라고 노래하면서, 불심을 엿듣게 된다. 시 「마애불」에서는 "먼 길 돌아/ 마침내 색 즉시공"이라고 노래하고 있다. 이러한 불심은 시 곳곳에서 나타나고 있다. 시 「고란사」에서는,

　　　문빗장을 풀어헤치면
　　　강 기슭 여울을 품은 보살이
　　　묵언으로 불경을 읽고

　　　부표처럼 떠 있는 비애는
　　　슬픈 노래가 되어
　　　강을 지키는…

　　　나직막이 약수를 받아
　　　고란초 한 앞 띄워
　　　심경을 녹이다.

　　　　　　　　　　　　　　　　　　－「고란사」 부분

라고 노래하면서 불심을 건네주고 있다. 그 뿐만 아니라, 시 「적멸보궁」에서는,

　　아득히 깊은 그 자리/ 고요에 고요를 얹고/ 적멸을 얹고/ 온전한 사리 앞에/ 부처님 위에 계시다

라고 적고 있다. 시라기보다, 한 편의 노래가사처럼 우리에게 기억되는 것이 아닌가. 시 「즈믄 날의 소묘」에서는

> 밤안개 속, 부처를 부르며/ 더욱 빛나는 북극성과// 향로를 지키는/ 북두칠성이 눈에 잡히는// 어느 목가적인 시골의/ 빈 모퉁이

라고 노래하면서, 화자의 불심이 얼마나 깊은가 하는 것을 독자들에게 환기시키고 있는 것이 아닌가.

〈나〉 달관

달관의 일반적인 의미보다, 여기서는 불교적인 의미를 곁들인 선지식을 말한다. 이른바 세속을 벗어난 높은 견식을 의미하게 된다. 먼저 화자의, 「억새는 바람을 세운다」는 시를 읽어보면, 작가의 의도를 짐작하게 된다.

> 부끄러움 없는 하늘가
> 화왕산 길목에는
> 잃어버린 기억인 듯
> 개나리가 노오란 꽃잎을 틔운다
> 산그늘을 지나
> 온통 출렁이는 억새의 바다에서
> 온갖 시름을 놓아버린다

온몸으로 세상의 바람을 세우고
억새는 찬란히 가을을 엮는다.
                                        - 「억새는 바람을 세운다」 전문

그렇다. 온갖 시름을 놓아버려야 하는 것이다. 그렇게
해야 달관의 경지에 들어갈 수 있기 때문이다. 세상의
시름을 놓을 수 있는 경지, 그것이 바로 달관의 경지인
것이다. 석가는 세상의 온갖 시름을 뛰어넘기 위해 일생
동안 수행하여 비로소 해탈하여 부처가 되었다.
　이 시 이외도 시 「청령포」에서는 "임을 향해/ 배려하는
관음송 한 그루// 바람에 유서를 쓰고 있다"고 고백하고
있다. 유서를 쓰는 관음송 한 그루. 그것도 "바람에게 쓰
는 유서"라면 얼마나 달관과 해탈의 심성이 깊겠는가.
　우리가 잘 알다시피 흘러가는 마음이란, 바로 달관의
자세라 하겠다. 유유히 흘러가는 저 바람 속에 물결 속
에 달관의 섬광은 빛나고 있을 것이다. 이외도 우리가
달관의 이미지를 읽을 수 있는 구절로는,

　온통 출렁이는 억새의 바다에서/ 온갖 시름을 놓아버린
다/ 온몸으로 세상의 바람을 세우고/ 억새는 찬란히 가을
을 엮는다.
                                        - 「억새는 바람을 세운다」 부분

시 「느티나무」에서는, "잉태의 고통과/ 허물어지는 육

신의 아픔에도/ 살갗의 검버섯은/ 아무것도 아니라고/ 피 흘리는 느티나무의/ 목숨이 내 안으로 / 출렁이며 흐른다"고 노래하고 있다. 또한, 시「오동나무」에서는,

자름한 햇살을 불러 모아/ 속울음 삼키며// 길손에게 환한 등불을 내미는/ 바람결에 숨이 찬 목숨// 넓은 그늘은 / 아버지의 품 안 같은// 세월의 동그랑쇠 따라/ 닳아버린 장롱.

이라고 노래하면서 우리들 삶의 순간들을 "닳아버린 장롱"에 비유하고 있는 것을 보게 된다. 그만하면, 삶을 달관하고 있다고 할 만하지 않겠는가. 이외에도 시「망산의 한낮」에서는

봄처녀의 이른 나들이에/ 저마다의 꽃등을 켜는/ 망산의 한낮

이라고 서술하면서, 달관의 모습을 보이고 있다. 시「섬 5」을 보면,

낮은 능선으로 흐르는 길 사이
아다지오, 느림이 길들여지고
사람이 한 편의 풍경이 되다.

고 하면서, 사람과 풍경의 동격 즉 달관의 곡조를 읊고 있다. 세상의 환희도 걱정도 삶이 주는 모든 의식적 활동을 멈추고 내면으로 승화시킨 멈춤의 자리, 즉 달관의 자리를 읽게 되는 것이다.

또한, "꽃들의 고단한 생은 땅에 눕고/ 사운거리는 억새는 회상에 젖다/ 바람과 동행하며 섬 한 자락에서/ 삶의 푸른 깃발을 세우다"라고 노래한 시 「섬 6」도 역시 달관의 미학을 읽을 수 있는 작품이라고 하겠다. "바람과 동행하며, 섬 한 자락에서 삶의 푸른 깃발을 세운다"고 했으니 말이다.

'바람과의 동행'이라니, 이 얼마나 승화의 삶을 생각하게 하는가. 바람에 맡길 수 있는 자유자재로운 삶, 거침이 없는 삶, 해탈에 가까운 삶. 그것이 어찌 달관의 삶이 아니겠는가. 우리를 더욱 놀라게 하는 것은, 사람 자체가 하나의 풍경이 되는 해탈의 삶이 아닐까 싶다.

그것보다 더욱 놀라운 것은 '사람이 바로 한편의 풍경이 되는 삶'이 아니겠는가. 시 「섬 5」에서는,

아다지오, 느림이 길들여지고
사람이 한 편의 풍경이 되다

라고 노래하고 있는 것이 아닌가. '사람이 한 편의 풍경'이 된다면, 이보다 더 놀라운 달관의 깃발이 어디 있겠는가. 그것은 이미 득도를 넘은 생사윤회를 벗어난 해탈

의 경지라 해도 좋을 것이다. 이 말은 화자가 시「오동나무」에서 "세월의 동그랑쇠 따라/ 닳아버린 장롱처럼" 되었다는 노래에서 증명될 수 있다 하겠다. 참으로 놀라운 시심, 달관의 현장, 그 원심력이 아닐 수 없다 하겠다.

3. 끝내는 말

앞에서 우리가 보아왔듯이 화자의 시는 한 마디로 달관한 도인의 생활을 엮은 시라고 여겨질 만큼 농익은 삶을 노래한 작품이라 하겠다. 세속에 찌든 오늘의 세상에게 후련하게 심호흡을 하면서 흥얼거리면서, 읽을 수 있는 농익은 시가 아닌가 하고 생각해 보게 된다.

이 시에는 기교보다, 삶의 훈훈한 노래가, 해탈에 가까운 흥얼거림이 우리들의 마음을 씻어주고 있다 하겠다. 맛을 즐기고 싶은 달콤한 시라기 보다, 언제나 혀끝에 굴리면서 생활의 내성을 키워가는 시라고 생각된다.

생활의 내공을 키워주는 시라면, 화자의 이만한 열정을 불러일으키는 작품도 드물 것으로 생각된다.

앞으로 더 좋은 시, 많이 써서 우리들의 마음을 살찌게 해 줄 것으로 기대한다.